Henri-Paul-Charles BAILLIÈRE

Libraire-éditeur à Paris (1840-1905)

Henri Baillière

13 Septembre 1840. — 6 Octobre 1905

PARIS

1906

—

Notices Nécrologiques

par MM. BROUARDEL, BOIX, CASTEX, HELME, MOSNY.

NOTICE

de M. le Professeur BROUARDEL

dans les *Annales d'Hygiène publique et de Médecine légale*,
novembre 1905.

La nouvelle de la mort de **M. H.** Baillière nous est arrivée presque en même temps que celle de sa maladie; elle nous surprend dans nos sentiments d'affection pour celui qui, si longtemps, a été l'âme des *Annales d'Hygiène publique et de Médecine légale.*

La vie de H. Baillière est facile à résumer. C'était un travailleur acharné, il aimait sa profession. Il mettait un point d'honneur à ce qu'il ne sortît pas de sa maison un livre qui péchât par une négligence dans les conditions matérielles de sa publication. Il relisait les épreuves, surveillait les dispositions typographiques. Esprit clair et méthodique, il discernait vite les raisons qui devaient assurer la bonne ou la mauvaise fortune des ouvrages qu'on lui présentait. Bien souvent il fut pour les auteurs un conseiller précieux.

Ce fut toujours sa règle de conduite dans les nombreuses et importantes publications auxquelles il a consacré ses soins. Mais il avait pour les *Annales* une prédilection particulière. Depuis sa jeunesse, il leur donnait une bonne part de son temps, si laborieusement employé. La rédaction des *Annales* perd le plus dévoué de ses collaborateurs; elle ne saurait accepter sans émotion une séparation si imprévue, si cruelle; elle est elle-même en deuil, et elle prie la famille de M. Baillière d'accepter le témoignage de ses regrets et de sa sincère sympathie (1).

P. BROUARDEL.

(1) *Annales d'Hygiène publique et de Médecine légale*, 4ᵉ série, 1905, t. IV.

NOTICE

de M. le Docteur BOIX

dans les *Archives générales de Médecine*,
24 octobre 1905.

Peut-être est-ce la première fois que les *Archives*
consacrent quelques lignes à la mémoire d'un éditeur, un
de « ces gaillards, disait Gœthe, pour lesquels il faut
un enfer spécial, pire que celui des voleurs et des
assassins ». Mais pourquoi ne rendraient-elles pas hommage à ces collaborateurs précieux de la science médicale,
grâce à eux répandue par le monde, auxquels les médecins
ne sauraient témoigner que de la reconnaissance et qui,
bien souvent, rendent à ceux d'entre nous qui écrivent,
les plus signalés services. C'est pourquoi le nom d'Henri
Baillière, qui vient de mourir, mérite mieux, à notre
avis, qu'une simple ligne à la rubrique des disparus.

L'importance même de la maison dont il faisait partie
serait un suffisant motif de parler de lui. C'est en effet
une des plus anciennes maisons de librairie parisienne que
celle que fonda en 1818 J.-B. Baillière, ancien commis
chez Méquignon l'aîné, libraire de la Faculté, en une
petite boutique de la rue de l'École-de-Médecine. Successivement ses fils devinrent ses associés ; et plus récemment

son petit-fils, notre confrère le Dr Georges J.-B. Baillière, a pris place auprès de ses aînés. Ainsi, depuis près d'un siècle, dirigée exclusivement par les membres de la même famille, cette maison a conservé et continué sous le même nom, les mêmes traditions. Des trois mille ouvrages qu'elle a publiés, le plus grand nombre a trait aux sciences médicales. Il ne faut pas oublier que c'est à elle que nous devons la publication, pour ne citer que de grandes œuvres anciennes, de l'*Anatomie pathologique de Cruveilhier* et de celle de *Lebert*, dont les belles planches ont fait l'instruction et l'admiration de nos pères, et du *Dictionnaire de Jaccoud* où la génération actuelle a puisé, alors que n'existaient pas encore les *Traités*, le meilleur de son savoir théorique.

Dans la seconde moitié du dernier siècle, la part d'Henri Baillière dans l'œuvre commune fut considérable. Né en 1840, après de classiques études au lycée Henri IV et sa licence en droit conquise, il devient l'associé de son père et de son frère en 1862. Presque aussitôt il entreprend en Allemagne un voyage d'instruction professionnelle ; c'est là qu'il fit la connaissance du Professeur Jaccoud, chez Frerichs, où il dînait. Et de la conversation qui suivit le dîner naquit le *Dictionnaire de médecine et de chirurgie pratiques* en 40 volumes (1864-1886).

Il écrivit pour une des nombreuses éditions du *Dictionnaire de médecine de Littré*, ce livre presque centenaire, une préface qui raconte toute la vie du Dictionnaire. C'est sous sa direction effective que fut publié le *Traité de médecine et de thérapeutique* de P. Brouardel et A. Gilbert.

Enfin il s'attacha plus particulièrement à l'édition des *Annales d'Hygiène publique et de Médecine légale*.

Ceux qui, dans les quarante dernières années, ont fréquenté la librairie Baillière, savent quelle fut sa vie, toute de labeur et d'assiduité, et les auteurs qu'il édita ont apprécié ses rares qualités professionnelles. Mais l'incessante besogne quotidienne ne suffisait pas à son activité, et l'éditeur fut auteur aussi.

C'est d'abord un volume résumant des impressions de voyage : *En Égypte, Alexandrie, Port-Saïd, Suez, le Caire,* Journal d'un touriste (1867). Puis une étude biographique sur le peintre *Henri Regnault* (1843-1871), son camarade de collège et son ami (1872). Une plaquette : *Autour d'une source,* raconte l'histoire d'un petit coin des environs de Paris pendant près de trois siècles (1607-1900) : la Fontaine du Vaux d'Or, la Sente de Saint-Cloud à Suresnes, la Tourelle de la Porte de Saint-Cloud. Une importante monographie : *La Rue Hautefeuille,* son histoire et ses habitants (propriétaires et locataires, 1252-1901), est une contribution fort intéressante à l'histoire des rues de Paris et montre à son tour quel judicieux compulseur de documents était cet homme, d'ailleurs membre de la Société de l'histoire de Paris et de la Société historique du VIe arrondissement. Enfin son dernier écrit : *la Crise du livre,* met en relief sa haute compétence en librairie, le souci qu'il avait de la dignité et de la noblesse de cette profession et son amour pour elle. Je ne saurais mieux faire que de citer ces quelques lignes : « Aujourd'hui, par ces temps de veulerie, où personne n'a plus de volonté, le livre est victime de nos états d'âme et de nos mœurs. La crise, par définition, semblerait devoir être une maladie aiguë; elle est, au contraire, pour le livre, une maladie chronique, qui tient à sa nature même; il en souffre depuis sa naissance, il en vit et il en vivra, il n'en guérira pas et il n'en mourra pas : il est immortel. »

Henri Baillière avait, comme tant d'autres, une passion : celle des autographes. Sa collection était curieusement divisée en deux catégories : ceux qui sont de l'Institut et ceux qui n'en sont pas; cette dernière assurément plus nombreuse.

Il ne fut pas de l'Institut, le collectionneur; mais au moins faut-il reconnaître qu'il est digne de prendre rang dans cette phalange aristocratique des grands libraires du xix° siècle et il peut dire avec eux, comme Étienne Dolet, « que ses livres donnent témoignage qu'il n'a pas vécu en ce monde comme personne otieuse et inutile » (1).

E. Boix.

(1) *Archives générales de Médecine*, 82° année, t. II, 24 octobre 1905. n° 43.

NOTICE

de M. le Docteur André CASTEX

dans le *Bulletin de Laryngologie, Otologie et Rhinologie*,
31 octobre 1905.

L'illustre corporation des Éditeurs parisiens vient d'éprouver une grande perte en la personne d'Henri Baillière, de l'importante maison J.-B. Baillière et fils. Sa mort imprévue affecte péniblement la rédaction du *Bulletin* et ce m'est une douce obligation de dire ici les qualités du précieux collaborateur qui vient de disparaître.

Henri-Paul-Charles Baillière était né à Paris en 1840. Après avoir terminé ses classes au collège Henri IV, il prit ses premières inscriptions à la Faculté de médecine. Prévoyant que le temps lui manquerait pour arriver au Doctorat, il se dirigea vers le Droit et devint licencié. Mais la librairie le réclamait, et, comme grand nom oblige, il s'y consacra entièrement.

Dès 1862, il devenait associé de la maison Baillière, à la prospérité de laquelle il devait beaucoup contribuer. De ce jour, il ne cessa de mettre en œuvre l'intelligence et l'activité dont il était doué. Il s'employait plus volontiers aux rapports avec les auteurs et à la fabrication des livres. C'est par ses soins que fut publié le *Traité de médecine et de thérapeutique* des Professeurs Brouardel et Gilbert. Sa grande expérience m'était personnellement très utile pour les éditions de mon *Traité des maladies du larynx, du nez et des oreilles*, et je voyais, grâce à ses conseils, mon jeune *Bulletin*, dont il était l'éditeur-gérant, prendre une extension croissante.

Il avait entrepris de nombreux voyages professionnels à l'étranger et c'est au cours d'un de ces voyages qu'ayant rencontré, à Berlin, le jeune agrégé Jaccoud, il entra en relation avec le maître et le décida à diriger la publication du *Nouveau Dictionnaire de médecine et de chirurgie pratiques* qui porte son nom.

Ses travaux habituels l'avaient encore mis dans les meilleurs rapports avec quelques grands noms de la médecine contemporaine : Demarquay dont il fut l'ami intime, **MM.** Brouardel, Gilbert, Guyon, Hallopeau et autres qui le tenaient en singulière estime.

Henri Baillière n'était pourtant pas seulement l'homme des livres de médecine. Dès le début de sa carrière, il avait dû s'évader parfois de son métier et regarder d'autres horizons.

Il a écrit une série variée d'ouvrages, qui montre combien son esprit était divers :

La *Vie du peintre Henri Regnault*, son infortuné camarade de jeunesse, 1872 ;

Un *Voyage en Égypte*, 1867 ;

Autour d'une source, 1900, étude historique sur les environs de Paris au xviiᵉ siècle ;

Une très intéressante histoire (1252-1901) de sa chère

« Rue Hautefeuille » où s'écoulait la plus grande partie de sa vie, 1901 ;

La *Crise du livre*, 1904, etc.

Il possédait une collection rare d'autographes.

Ancien juge au tribunal de commerce de la Seine, il était membre de la Société d'histoire de Paris.

Ces études variées, fécondées par une vive intelligence et un labeur continu, rendaient très intéressante la fréquentation d'Henri Baillière. La finesse de son esprit, la rectitude et la rapidité de son jugement attiraient non moins que la bonhomie de son accueil. Lui soumettait-on une idée qu'il jugeait mauvaise, son visage se teintait d'une douce ironie, sa large épaule et sa main se soulevaient un peu... Que si la proposition lui souriait, il avait vite fait d'en apercevoir les heureuses conséquences ; puis dans la mise en œuvre il ne négligeait aucun détail, s'employant lui-même aux moindres besognes.

Si vous projetiez un voyage, nul mieux que lui ne savait vous renseigner sur les chefs-d'œuvre à admirer ou les sites à parcourir. Sans lui, j'eusse peut-être visité le sud de l'Italie sans suivre cette incomparable corniche du golfe de Palerme qui mène à Amalfi. « N'oubliez pas Amalfi », me disait-il au départ. Je lui dois une des plus suaves journées de mes voyages.

Où sa joie rayonnait, c'est lorsque, escorté de ses fils, il allait hâtif sur le boulevard Saint-Michel, ou prenait place avec eux au restaurant pour le déjeuner rapide.

Il est mort le 6 octobre dernier, rapidement emporté par une maladie dont les premières atteintes remontaient assez loin. Jusqu'au dernier moment il a dissimulé son mal pour qu'il ne lui fût pas interdit de se livrer au travail. De nombreux amis ont fait cortège à ses obsèques.

Il laisse quatre fils. L'aîné, notre sympathique confrère, le docteur Georges J.-B. Baillière, poursuivra l'œuvre paternelle, sous la direction autorisée du chef de la maison, M. Émile J.-B. Baillière. Un deuxième fils a déjà commencé les études de médecine.

La rédaction du *Bulletin* exprime à tous les siens ses plus sincères condoléances avec ses vifs regrets (1).

A. CASTEX.

(1) *Bulletin de Laryngologie, Otologie et Rhinologie*, 5ᵉ année, 31 octobre 1905.

NOTICE

de M. le Docteur HELME

dans la *Revue moderne de Médecine et de Chirurgie*,
décembre 1905.

Il y a quelque temps est mort à Paris M. Henri Baillière,
l'un des chefs de la maison d'édition bien connue. Tous plus
ou moins nous lui fûmes tributaires, car la tâche que
quantité d'éditeurs se partagent aujourd'hui, le « père
Baillière », comme disaient les étudiants, fut un instant
presque seul à l'accomplir. Vous n'avez pas idée du
nombre de livres sortis de sa maison et traitant de tous les
sujets possibles, médicaux et même paramédicaux.

Avocat distingué, érudit très informé et très délicat,
M. Henri Baillière n'a pas été sans influence sur l'évolution
du livre de médecine. Avant lui, on en était encore aux
formes anciennes : peu de divisions, peu de chapitres. Un
des premiers, il porta la cognée dans la prose touffue des
auteurs. « Il ne faut pas, disait-il au cours d'une spirituelle
conférence aux commis de Librairie, faire des livres pour
ceux qui les écrivent, pas davantage pour ceux qui les
vendent, mais pour ceux qui les lisent. » Que d'auteurs
se trouveraient bien d'observer cette maxime ! Il voulait
aussi des ouvrages clairs, bien divisés, où la pensée de

l'écrivain se suit sans monotonie et sans fatigue. Le père Gosselin disait déjà : « On ne doit jamais manquer d'indiquer au lecteur l'endroit du livre où il pourra fumer une bonne pipe. »

C'est surtout l'érudit, qu'en ma qualité de bibliomane j'aime à rappeler ici. Balzac, qui n'était jamais content de rien, se plaignait que les éditeurs eussent la mentalité de marchands de salade. Ce n'est pas à M. Henri Baillière que ce reproche eût pu être adressé. Outre de charmants souvenirs de voyage, il a laissé des monographies délicieuses ; celle qui célèbre la mémoire de son ami, le peintre Henri Regnault, tué en 70, est particulièrement exquise. Il a aussi, dans un ouvrage aujourd'hui rarissime, ressuscité un coin du vieux Quartier Latin. Il eut la patience et l'ingéniosité de refaire l'histoire de la rue Hautefeuille, et vous ne sauriez vous figurer combien est vivante cette évocation du passé. Cette petite rue, où pendent des lambeaux de notre jeunesse, tirerait son nom du château de Hautefeuille, dont le premier propriétaire fut le neveu de Charlemagne, Ganelon,

« Ganelon le maudit, le traître, le félon ! »

Mme Récamier habita rue Hautefeuille, de même Sylvestre de Sacy, Courbet, et tant d'autres. Présidents au Parlement, gens de robe et d'épée, moines et abbés, éditeurs, artisans, la simple histoire de cette rue fait défiler à nos yeux, grâce au talent de l'auteur, toute la vie intellectuelle de l'ancienne France, avec ses passions, ses erreurs, son goût des belles œuvres d'art. On y recevait les étudiants. Voici : *Le Cheval rouge, L'Écu d'Albanie,* où l'on était si bien logé pour 9 livres et nourri pour 12, en tout 21 livres par mois. Que les temps sont changés !...

Fixer, avant qu'il ne disparaisse, l'image de ce coin si plein de souvenirs, c'était faire œuvre pie ; le faire avec talent mérite tous les éloges. C'est pourquoi j'ai tenu à saluer ici celui qui fut le parrain de tant de livres dont nous avons fait si souvent, hélas ! bien mauvais usage et qui a si parfaitement décrit le Quartier Latin de notre jeunesse (1).

(1) *Revue moderne de Médecine et de Chirurgie,* 4ᵉ année, nᵒ 12, décembre 1905.

NOTICE

de M. le Docteur MOSNY

dans la *Tribune médicale*, 4 novembre 1905.

Un deuil profond, inattendu, a récemment frappé la grande famille médicale : Henri Baillière a succombé en pleine vigueur, dans le plein épanouissement d'une renommée justement acquise par la part prépondérante qu'il prit au mouvement littéraire médical de ces dernières années.

Aussi la *Tribune médicale*, dans un de ses derniers numéros, se fit-elle un devoir d'annoncer à ses lecteurs la perte qu'ils venaient de faire comme elle leur annonce la disparition des plus éminents de leurs confrères et de leurs maîtres.

Né à Paris en 1840, H. Baillière, sous l'influence probable du milieu où il avait grandi, commença l'étude de la médecine qu'il abandonna d'ailleurs, dès la première année, pour celle du droit ; et, dès l'année 1862, il entra comme associé dans la librairie J.-B. Baillière et fils.

Depuis cette époque jusqu'à sa mort, pendant près de la moitié du siècle qui vient de finir, il joua avec son frère le rôle considérable que l'on sait dans la diffusion des œuvres des maîtres les plus réputés de la médecine française.

Désireux dès le début de sa carrière de mettre à profit
l'enseignement que donne l'étude de ce qui se fait à
l'étranger, il voyagea en Allemagne, s'y lia d'amitié avec
nombre d'éditeurs et de savants, et c'est chez Frerichs
qu'il fit connaissance du Professeur Jaccoud dont la librairie
J.-B. Baillière et fils devait éditer, peu de temps après, le
Dictionnaire de médecine et de chirurgie pratiques.

Ses succès professionnels attestés par le nombre et la
valeur des ouvrages qu'il édita, H. Baillière les dut entièrement à son activité, à son labeur extraordinaire, au soin
méticuleux qu'il apportait à la lecture des manuscrits, à la
correction des épreuves, aux mille détails de la fabrication
du livre. Aussi lui arrivait-il souvent de regretter le temps
où, au début de sa carrière, la librairie ne fermait qu'à
dix heures du soir : l'heure tardive de la cessation du travail ne lui permettait-elle pas, en effet, de donner plus de
temps à son labeur professionnel ?

Ses loisirs mêmes, H. Baillière les consacrait au livre, et
l'on sait avec quelle passion de collectionneur, quel soin,
quel discernement d'artiste, il enrichissait sa merveilleuse
bibliothèque de quelque trouvaille faite sur les quais où il
savait découvrir l'édition rare, la reliure appréciée.

H. Baillière ne se contenta d'ailleurs pas d'éditer les
œuvres d'autrui, lui-même fut auteur et l'une de ses
premières œuvres fut un délicieux petit livre sur Henri
Regnault : monument exquis, plein de finesse d'observation,
de critique avisée, de sentiment délicat élevé à la mémoire
de l'ami d'enfance brutalement tué par les balles allemandes
sur le champ de bataille de Buzenval.

J'aurais voulu longuement parler d'une étude richement documentée, véritablement vécue, sur « la crise du livre », et de deux autres ouvrages où H. Baillière, membre de la Société de l'histoire de Paris et de la Société historique du VIe arrondissement, fit œuvre d'historien et d'artiste : *l'Histoire de la fontaine des Vaux d'Or à Suresnes* et *l'Histoire de la rue Hautefeuille.*

Mais je préfère, en cette courte notice, m'en tenir à l'esquisse du rôle considérable qu'a joué H. Baillière dans l'histoire médicale de son temps. Quand j'aurai dit qu'Henri Baillière, dont le labeur infatigable a fourni la carrière que l'on sait, avait au plus haut degré le talent de découvrir les auteurs, de solliciter la production, de seconder les efforts, de mettre en valeur les ouvrages qu'il éditait, j'aurai mesuré toute l'étendue de la perte que vient de faire la science médicale.

Et nous pourrons, au nom des lecteurs et des collaborateurs de ce journal, exprimer à la famille d'H. Baillière nos plus sincères condoléances, et lui affirmer que la mort prématurée du chef qu'elle pleure et dont elle peut à juste titre être fière, laisse dans l'histoire médicale de son temps un vide profond parce que son rude labeur avait exercé sur elle une influence bienfaisante et féconde (1).

E. MOSNY.

(1) *La Tribune médicale,* 38e année, n° 44, 4 novembre 1905.

Notice Nécrologique

par M. P. CAGNY.

NOTICE

de M. Paul CAGNY

Un homme vient de disparaitre, dont le rôle utile au point de vue vétérinaire, quoique ignoré de la plupart, n'en fut pas moins considérable pendant plus de quarante ans. Je veux parler de Henri Baillière, l'un des chefs de la librairie J.-B. Baillière et fils, décédé en octobre dernier.

Le professeur Brouardel, dans les *Annales d'Hygiène publique et de Médecine légale*, le Dr Castex, dans le *Bulletin de Laryngologie*, etc., ont rappelé à leurs lecteurs ce qu'il a fait pour la littérature médicale : il me paraît juste de dire ce qu'il a fait pour la littérature vétérinaire, en allant de la *Physiologie* de Colin (1854-1856) et de l'*Anatomie* de Chauveau (1857) jusqu'à l'*Encyclopédie* Cadéac (1893-1905).

Lorsqu'il prit d'une façon effective, en 1862, une partie de la direction de la librairie fondée par son père en 1818, il devina le progrès scientifique qui allait se produire et pensa, à l'exemple de son père, que cette maison, spécialisée jusque-là plutôt pour la médecine humaine, pouvait profiter de ses nombreux correspondants afin d'éditer et de faire connaitre en France et à l'étranger les livres

de médecine vétérinaire, d'agriculture, d'histoire naturelle, etc.

L'idée fut heureuse, et si les livres de nos professeurs
sont aussi lus et appréciés à l'étranger, c'est en grande
partie à ses efforts que nous le devons.

Pour réussir, il fallait de nombreuses qualités dont il
était bien pourvu.

Très méthodique, il lisait et relisait avec soin toutes les
épreuves, ne voulant pas qu'un livre édité par sa maison
puisse être critiqué au point de vue du choix du papier,
des caractères d'impression, etc.

Il savait donner d'excellents conseils aux auteurs, ayant
bien compris que, à notre époque, l'acheteur ne veut plus
de gros volumes contenant l'historique d'une question
depuis les temps les plus anciens, mais recherche, au
contraire, un précis, où il trouve des faits, ce dont il a
besoin. Il répétait sans cesse : « Dites bien tout ce qu'il
faut, mais rien que ce qu'il faut. »

Pour la division des chapitres, pour le choix des
caractères d'imprimerie, ses conseils étaient des plus
judicieux : « Quelle est bien l'importance de ce passage ? »
me disait-il souvent. Quand je lui avais donné les explica-
tions demandées, il me disait alors : « Nous l'imprimerons
de telle façon. »

Et puisque je suis amené à parler des bons rapports
amicaux que j'ai eus avec lui, je tiens à dire à tous les
siens : « J'ai publié sur les indications de Henri Baillière
plusieurs ouvrages, dont le *Formulaire des Vétérinaires*, qui
a eu cinq éditions en six années, et le *Dictionnaire vétéri-*

naire, qui a eu les honneurs d'une traduction italienne. Sans ses conseils, sans ses indications, je n'aurais jamais obtenu de pareilles satisfactions pour mon amour-propre d'auteur. »

PAUL CAGNY.

Notices Nécrologiques

par MM. BARBERA, BAYLE, CRÉTÉ, DELALAIN, SEVIN, THRON.

NOTICE

de M. BARBERA

dans *Giornale della Libreria, della Tipografia e delle Arti e Industrie affini*, 12 novembre 1905.

Proprio un mese fa cessara di vivere à Parigí uno dei più ragguardevoli rappresantanti della libreria francese, Enrico Baillière, socio della antica e accreditata ditta J.-B. Baillière et Fils.

Di Giambattista, il fondatore, era questo Enrico ch'è ora morto à 65 anni, figlio secondogenito, e fin dal 1863 si era associato al suo fratello maggiore Emilio, che gli sopravvive, per continuare l'esercizio della casa paterna.

Questi due valuentuomini, per oltre quarant' anni lavorarono assientre con voluntà concordi, con pari alacrità e colla stersa devozione alle venerabili tradizioni paterne, dividendosi le attribuzioni, secondo le attitudini e i gusti personali. Se una parte più rappresentativa e di maggiore responsabilità spetto al maggior fratello Emilio, portô Enrico le sue particolari cure a speciali funzioni interne, di carattere più litterario e tecnico che industriale, cioé alla lettura di manoscritti, a dirigere la stampa della edizioni, alla revisione, alla compilazione degli indici analitici e di quelle appendici che hanno non lieve importanza a corredo e complemento di opere voluminose e destinate specialmente alla consultazione.

Ma questo editore litterato possedeva anche la teorica e la pratica del commercio, ed aveva fatto un corso completo di studi giuridici; ciò che gli permise non solo di portare il suo consiglio autorevole nella amministrazione della Casa editrice alla quale era associato, ma anche di sedere con sicura competenza dal 1873 al 1880, come guidice del Tribunale di commercio della Senna.

Né la sua coltura si restrinse alla sole discipline guiridiche, giacchè, per prepararsi convenientemente alla direzione di una grande Casa editrice di opere mediche, volle frequentare per un anuo almeno i corsi della Scuola di medicina.

Ma le ricerche erudite, specialmente volte alla storia del libro, gli studi puramente letterari, furon quelli a cui Enrico Baillière più si compiacque di dedicare le ore che gli lasciavano libere le cure professionali.

Di tali ricerche e di tali studi sono frutto, oltre a molti articoli nella cronica della *Bibliographie de la France*, una curiosa e importante monografia, *La Rue Hautefeuille, son histoire et ses habitants* dove sono evocati i ricordi di un angolo della vecchio Parigi, specialmente interessante per la storia della libreria parigina, ed un buoso e assennato ragionamento sulle condizioni del commercio librario, *La Crise du livre*, noto ai littori del *Giornale* per ciò che ne fu detto in queste stesse colonne, nel numero del 1° maggio 1904. Nè può parsarsi sotto silenzio un libro di impressioni di viaggio : *En Egypte* (1867), et uno studío biografico : *Henri Regnault.*

Enrico Baillière è stato colto dalla morte mentre continuava ad exercitare tuta la sua operosita nella Casa editrice fondata dal padre suo, ma non prima di aver iniziato alla sua successione il proprio figlio Giorgio ; cosicché la vecchia Casa editrice, che ancor procede sotto la direzione sagace ed energica del venerando Emilio Baillière, primogenito del fondatore, vede assicurato il sua avvenire dalla operosità associata del Baillière della terza generazione, Alberto di Emilio a Georgio di Enrico, prosentori di una benemerita dinastia di editori che molto lustro ha conferito all' industria libraria in Francia (1).

Piero Barbera.

(1) *Giornale della Libreria, della Tipografia e delle Arti e Industrie affini,* 12 novembre 1905.

NOTICE

de M. Charles BAYLE

dans *La Librairie*, 15 novembre 1905.

Nous avons signalé simplement dans notre précédent numéro la regrettable et prématurée disparition d'Henri-Paul-Charles Baillière.

Nous tenons à rappeler aujourd'hui aux quatre mille confrères qui reçoivent cette feuille quel était l'homme dont la Librairie doit déplorer la grande perte, parce qu'il est très rare de trouver aussi bien groupées qu'il les réunissait en lui toutes les précieuses qualités d'intelligence, de cœur et de volonté qui constituent le concitoyen et le confrère utile, le réel Homme de bien.

Quand on est le fils d'un Jean-Baptiste Baillière, il faut, pour être de taille à porter un pareil nom, s'acharner opiniâtrément à la tâche à laquelle on doit suffire, même lorsqu'on est plusieurs à se la partager, et qu'on sait s'entr'aider fraternellement en famille. Chaque part est encore assez lourde! Henri Baillière avait compris tout jeune, lorsqu'il me précédait sur les bancs du lycée Henri IV, que toute noblesse oblige, et ses brillantes études secondaires furent la base de la valeur dont il put,

en toute occasion par la suite, donner fièrement et ample-
ment la mesure.

Personne plus que le libraire-éditeur n'a besoin d'une
instruction générale étendue et solide. Baillière était armé
comme il convenait pour le rôle et la profession que lui
avait dévolus la destinée, et il s'est toujours tiré d'affaire le
plus savamment et le plus élégamment du monde. — *La
Bibliographie de la France* qui lui dut plusieurs de ses
meilleures chroniques, et le Bulletin de l'*Association
amicale des commis-libraires français* ont énuméré la
longue liste de ses publications diverses. C'était un fin et
délicat lettré dans la plus parfaite acception du mot, un
aimable écrivain qui prenait toujours la plume pour dire
quelque chose d'intéressant ou de curieux.

Sa franchise et sa bonne humeur l'avaient toujours et
partout rendu sympathique à tout le monde. Il était bon.
Il aimait la Librairie, il aimait le Livre, il aimait surtout
les jeunes libraires, qui l'ont parfaitement compris, et
que, pour l'honneur et l'avenir de notre corporation, il
aspirait à voir, tous, s'instruire de plus en plus. Il aurait
encore confraternellement collaboré à ce résultat auquel
nous devons tous aider, car il fut toujours le plus dévoué
camarade, et collègue, comme il demeurera le modèle des
éditeurs de valeur. Son nom ne sera pas oublié. Et les
siens s'appliqueront à le maintenir glorieusement au
premier rang de ceux qui illustrent la librairie française 1).

CHARLES BAYLE.

(1) *La Librairie*, 23e année, 3e série, no 91, 15 novembre 1905.

NOTICE
de M. Édouard CRÉTÉ

dans *Le Courrier du Livre,* 15 janvier 1906.

Nos confrères me permettront, désirant rendre un juste hommage à la mémoire du grand éditeur et de l'excellent ami que fut pour moi le regretté M. Henri Baillière, d'associer quelques souvenirs personnels aux traits principaux de son active et féconde carrière : ses conseils et sa bienveillance me furent du plus haut prix, quand je débutai dans la direction de l'Imprimerie de Corbeil, à laquelle M. Henri Baillière, suivant l'exemple de son père et de son frère, voulait bien accorder ses encouragements et sa confiance. Je me souviens, avec une émotion reconnaissante, des enseignements si utiles et de tous ordres que je puisais en sa conversation lorsque je pénétrais dans son cabinet de la rue Hautefeuille ou lorsqu'il venait passer quelques heures, trop courtes à notre gré, dans nos ateliers de Corbeil.

M. Henri Baillière donnait, dès le premier abord, l'impression d'un homme qui aime passionnément, non seulement sa profession même d'éditeur, mais aussi celle d'imprimeur, qui lui est intimement liée ; il en parlait, il discutait de toutes choses s'y rapportant avec une précision

de termes, une clarté d'intelligence commerciale et indus-
trielle et aussi avec une franchise d'accent qui séduisaient
aussitôt ses auditeurs. Il était au courant, aussi bien de l'histoire des industries graphiques, que de leurs modifications
et perfectionnements les plus récents; il tirait parti de ses
leçons du passé et de ses progrès du présent ou de l'avenir
avec une remarquable netteté de vues, et tout imprimeur
n'aurait pu souhaiter meilleure fortune que d'avoir un guide
tel que cet érudit collaborateur, par ailleurs modeste,
cordial, fidèle à ses relations et à ses affections.

J'aimais à me représenter M. Henri Baillière comme ce
que furent, sans doute, les premiers disciples de Gutenberg
qui, pour répandre à travers le monde la science imprimée,
en étaient eux-mêmes les premiers imprégnés, en surveil-
laient jalousement la transcription sur le papier, redressaient
les fautes commises et enfin ne négligeaient rien pour que
le livre parvînt, dans l'univers entier, aux mains de ceux
qui l'attendaient avec impatience ou qui pouvaient en tirer
profit. — En quelques minutes d'entretien déjà et bien
mieux encore dans les nombreuses visites que j'avais
coutume de lui faire, M. Henri Baillière laissait apparaître
toutes les qualités nécessaires pour évoquer complètement
ces belles figures d'éditeurs d'autrefois; il y joignait une
connaissance approfondie de tous les rouages, si com-
pliqués, de la vie commerciale en général, de la jurispru-
dence moderne et, par surcroît, il s'affirmait, en toutes
circonstances, à tout instant, comme un travailleur
acharné. Je n'ai pas souvenir de l'avoir surpris jamais en

apparence démuni, désarmé devant une grande question contemporaine quelconque, non plus que de l'avoir aperçu inoccupé : en des phrases rapides, déblayant le terrain, courant droit au but, il donnait, sans hésitation, son avis sur toute affaire, d'intérêt particulier ou public, et cet avis était toujours marqué au coin du bon sens le plus pénétrant et le plus droit. — Il me semble — et cette vision intime redouble, s'il est possible, mes regrets — l'apercevoir encore assis devant son bureau chargé de papiers, de manuscrits, d'épreuves que son regard venait de quitter pour se fixer sur le visage de son visiteur : il y avait là, pour tout autre homme que lui, la besogne d'un mois, de six mois peut-être ; il l'achevait, lui, en deux ou trois journées ou nuits, en quelques semaines consacrées à un incessant et fécond labeur.

Aucun détail de la confection d'un livre ne lui était étranger ; il recevait les auteurs, provoquait, au besoin, leurs offres de collaboration, les dirigeait discrètement, mais avec fermeté ; quand il s'était assuré de leur concours, il lisait leur œuvre, il y notait, en marge, des corrections, des remaniements qu'il leur soumettait et que sa logique, appuyée d'une érudition bientôt évidente, faisait accepter sans récriminations ; il mettait ensuite le manuscrit en parfait état de lisibilité, attentif aux moindres particularités, soucieux d'éviter des tâtonnements ; la *copie* qui avait passé ainsi par ses mains et qui arrivait dans celles du metteur en pages et du compositeur était un modèle d'ordre, de méthode, de clarté ; rien n'y était livré à l'imprévu et ne permettait la plus petite hésitation ; nos ouvriers de

Corbeil étaient, à la lettre, ravis de travailler pour le
compte d'un éditeur qui prenait d'eux de tels soins et
qui leur épargnait, avec cette prévoyance intelligente qui
n'était jamais en défaut, toutes erreurs et tous reproches.

Venait ensuite la correction des épreuves; M. Henri
Baillière s'y adonnait, en personne, avec le même zèle et
le même succès. Je me rappelle qu'il me disait souvent,
lorsque je le complimentais sur son habileté à découvrir
les moindres coquilles typographiques aussi bien que les
moindres erreurs ou oublis des auteurs : « Je vous
remercie de vos compliments et je retiens une place de
correcteur dans votre maison pour mes vieux jours. »
Hélas ! ces vieux jours ne devaient pas luire pour
M. Henri Baillière, et nous n'avons plus aujourd'hui de
lui que le souvenir de cette collaboration si précieuse, si
utile à tous égards.

Pour exercer, de cette façon si complète, sa profession,
M. Henri Baillière avait eu une double préparation, celle
de son instruction classique et des enseignements paternels,
puis celle de ses propres études et voyages. Né à Paris le
13 septembre 1840, il était le second fils de M. J.-B. Baillière qui, en 1818, avait fondé la grande librairie scienti
fique de la rue Hautefeuille dont la réputation s'est vite
étendue dans l'univers. M. Henri Baillière fit ses classes
universitaires d'une manière brillante et se fit recevoir,
en 1862, licencié en droit ; puis, pensant qu'une culture
spéciale, adaptée à la nature des travaux de sa maison, lui
serait utile, il suivit les cours de la Faculté de médecine.

Enfin, ainsi prêt à faire honneur à la firme éditoriale de Baillière, il s'associa, en 1862, à son frère aîné, Émile Baillière, en formant la Société J.-B. Baillière et fils, et il recueillit bientôt les fruits de son instruction brillante et solide.

La maison accentua rapidement ses progrès et entreprit, successivement, ces belles et nombreuses publications qui demeureront comme autant de témoins de la perfection scientifique et éditoriale française dans l'histoire de ce siècle. Ce furent, notamment, les *Merveilles de la Nature* de Brehm, le *Dictionnaire de médecine et de chirurgie pratiques* de Jaccoud, dont M. Henri Baillière ébaucha la publication dans une conversation qu'il eut avec l'auteur au cours d'un voyage en Allemagne — car, je l'ai dit, son esprit ne demeurait jamais improductif; — puis le *Dictionnaire de médecine* de Littré, continué par le professeur Gilbert ; les *Annales d'Hygiène publique et de Médecine légale*, le *Traité de médecine* des professeurs Brouardel et Gilbert, la *Vie des animaux illustrée*, publiée sous la direction de M. Edmond Perrier et qui est un admirable spécimen de grande édition où l'art s'associe à la science..... Je cite de mémoire, sans ordre, laissant de côté, forcément, tant et tant d'ouvrages importants dont il ne m'appartient pas de faire ici l'éloge bibliographique ; je m'attache seulement à essayer de montrer, par quelques citations, combien fut étendu le cycle de l'activité intellectuelle de M. Henri Baillière, combien il se montra, à bon escient et dans la plus haute acception de ces mots, laborieux et entreprenant.

Cette production professionnelle si intense ne suffit pas, d'ailleurs, à absorber les instants de M. Henri Baillière; il trouva encore le temps de se consacrer à la chose publique en remplissant par deux fois les fonctions de juge au tribunal de commerce de la Seine (1873-1880) où sa connaissance du droit le mit promptement au premier rang; il prit part aussi aux travaux préparatoires de l'Exposition de 1878. Enfin, il voyagea beaucoup et, avec humour, avec goût, il écrivit la relation de l'un de ses voyages : *En Égypte, journal d'un touriste* (1867). Et encore, il s'adonna avec passion à l'éclaircissement de problèmes historiques se rapportant à l'imprimerie, à l'édition. Il publia, en plus d'une étude artistique sur *Henri Regnault* (1872), un volume intitulé : *La Rue Hautefeuille et ses habitants*, où il fit revivre d'une manière surprenante les mœurs de la pléiade de fils de Gutenberg qui, de tout temps, logèrent dans ce vieux et pittoresque quartier parisien; enfin, M. Henri Baillière donna à la *Bibliographie de la France* plusieurs notices où on relevait autant de sagacité critique que d'abondance de documentation.

Ces temps derniers, il avait accordé son patronage apprécié à l'*Association des commis-libraires français*, récemment fondée, et il donnait au Cercle de la librairie une conférence sur la crise du livre qui fut justement applaudie et qui, publiée dans les journaux spéciaux, résuma supérieurement, en ce qui concerne nos industries et leur avenir, tout ce que peut en penser et en dire un homme doué d'une rare valeur personnelle et professionnelle.

La mort, en enlevant prématurément M. Henri Baillière à l'affection des siens et de ses nombreux amis, prive la grande famille du livre d'un de ses membres les plus qualifiés pour la représenter, brillante et prospère, devant tous ses rivaux du monde entier.

C'est pour nous tous un deuil cruel, rendu plus profond encore par ce que nous savons de l'étendue, de la sincérité des regrets que M. Henri Baillière laisse derrière lui, parmi ses employés, ses collaborateurs, autant que parmi ses proches.

Que ses associés : M. Émile Baillière, son frère, M. Georges Baillière, son fils ainé, M. Albert Baillière, son neveu, et aussi Mme Veuve Henri Baillière et ses plus jeunes fils, me pardonnent d'avoir ravivé peut-être encore leur chagrin récent en me laissant aller à apporter ici le témoignage ému de mon amitié et de ma reconnaissance pour leur cher disparu (1).

Éd. Crété.

(1) *Le Courrier du Livre*, 15 janvier 1906.

NOTICE

de M. Paul DELALAIN

dans la *Bibliographie de la France,* 21 octobre 1905.

L'importante librairie médicale de la rue Hautefeuille vient de perdre l'un de ses chefs. M. Henri-Charles-Paul Baillière a été enlevé par une maladie rapide à l'affection des siens le 6 octobre 1905 ; il était né le 13 septembre 1840.

Second fils de Jean-Baptiste Baillière, qui, dès 1818, fondait la maison dont il dirigea les remarquables progrès pendant une si longue et honorable carrière, Henri Baillière vint rejoindre en 1862 son frère aîné, M. Émile Baillière, dans la société J.-B. Baillière et fils. Leur collaboration affermit la réputation d'une librairie, vouée aux livres de médecine et de sciences naturelles et fidèle à d'anciennes traditions, tout en s'inspirant des améliorations que le temps et la science moderne apportaient dans les usages de la profession et dans l'industrie du livre.

Henri Baillière, que je me suis toujours souvenu d'avoir rencontré sur les premiers bancs où nous apprenions ensemble les notions de grammaire et de calcul, fit de brillantes études secondaires, puis compléta son instruction par l'obtention du diplôme de licencié en droit en 1862 et par une année au moins de présence aux cours de l'École de médecine. C'était une forte et utile préparation aux travaux auxquels le destinaient et l'intention de son père et son goût personnel.

Son intelligente activité s'étendit à tous les actes de la vie commerciale; mais son attention particulière se portait sur la lecture des manuscrits, les combinaisons qui devaient garantir la meilleure disposition typographique, la revision des épreuves, la rédaction des tables si nécessaires pour consulter un ouvrage ou se reconnaître dans un recueil périodique, en un mot, sur les détails multiples que le lecteur ne soupçonne pas, mais qu'il est indispensable de ne point négliger pour satisfaire une clientèle, à la fois curieuse de la qualité intime du livre et de tous les avantages d'exécution permettant d'en prendre connaissance mieux et plus facilement. Les auteurs et les savants avec lesquels il était en rapport étaient reconnaissants de ses avis et des observations qu'il leur soumettait.

Parmi les publications de la maison dont il était l'associé, Henri Baillière apporta surtout son utile concours à la *Vie des animaux*, de Brehm, au *Traité de médecine*, de Brouardel et Gilbert, à la *Bibliothèque scientifique contemporaine*, qui forme une collection de cent volumes, à la *Bibliothèque des connaissances utiles*, collection également étendue, à la *Vie des animaux illustrée*, par Edmond Perrier, aux *Annales d'Hygiène publique et de Médecine légale*, au *Dictionnaire de médecine*, de Littré, dont il a pu à peine voir paraître la nouvelle édition que dirige le professeur Gilbert.

Henri Baillière avait déjà acquis la pratique des affaires

lorsqu'il entra, en 1873, au Tribunal de commerce de la Seine. Ses études de droit contribuèrent à faire apprécier les services qu'il y rendait; aussi son mandat fut-il renouvelé en 1876, et son départ vivement regretté lorsqu'il cessa d'y siéger en 1880.

Sa collaboration assidue à la librairie médicale n'absorbait pas toute son activité et sa puissance de travail ; rien de ce qui touchait à sa profession ne devait lui rester étranger. Lors de l'Exposition universelle de Paris, en 1878, il avait été appelé au comité d'admission de la classe 60. Membre du Cercle de la librairie dès 1866, il donna à la *Chronique* de la *Bibliographie de la France* plusieurs articles où se distingue son mérite littéraire, entre autres une notice nécrologique sur Chaudé (1872), un compte rendu de l'*Essai sur l'imprimerie en Saintonge*, par Audiat (1880), une étude sur *les Plus Anciens Monuments de la typographie parisienne*, par Maurice Champion (1904). Ces derniers articles prouvent le goût que lui avait inspiré son père pour l'histoire des professions de libraire et d'imprimeur. En janvier 1904, il donnait dans les salons du Cercle de la librairie une conférence sur la *Crise du livre et les remèdes qu'il faut essayer d'y apporter*, à la sollicitation de l'*Association amicale des commis-libraires français* (1); il aimait, en effet,

(1) L'*Association amicale des commis-libraires français* fondée en 1901, dont les membres se recrutent surtout parmi les jeunes employés des maisons parisiennes, compte aujourd'hui 350 membres ; elle tend surtout à leur faire acquérir une bonne instruction professionnelle, organise des visites instructives dans les ateliers et convoque ses adhérents à des conférences au Cercle de la librairie.

à encourager cette nouvelle société ; car il voyait avec raison, dans le développement qu'elle pourrait prendre, le moyen d'assurer des connaissances plus élevées chez des jeunes gens avides eux-mêmes de savoir général et de notions professionnelles.

Les quelques loisirs que laissaient à Henri Baillière ses incessantes occupations furent employés à la rédaction d'œuvres qui révèlent ses qualités d'observation et de style. C'est ainsi qu'au retour d'un voyage en Orient, en 1867, il résuma ses impressions dans un volume intitulé : *En Égypte; Alexandrie, Port-Saïd, Suez, le Caire, journal d'un touriste.* En 1872, il publia une étude sur *Henri Regnault.* Plus récemment, en 1900 et en 1901, il fit imprimer deux nouveaux volumes : le premier, *Autour d'une source,* à l'occasion d'une contestation soulevée par la municipalité de la commune de Suresnes, où il résidait pendant l'été dans la propriété qui avait appartenu à son père ; le second, *La Rue Hautefeuille, son histoire et ses habitants,* d'un réel intérêt pour tous ceux que charment les souvenirs de l'ancien Paris. De persévérantes recherches, bien conduites, lui avaient permis de reconstituer les modifications successives d'une rue où avait été transporté le siège de la librairie Baillière, lorsqu'elle quitta la rue de l'École-de-Médecine, son berceau primitif. Cette précieuse étude répondait au but poursuivi par la Société historique du sixième arrondissement, dont il était membre.

L'habitude de travail était trop naturelle à Henri Baillière pour qu'il songeât au repos ; il continuait, lorsque la maladie l'a surpris, à guider dans la direction d'une grande maison d'édition son fils aîné, M. Georges Baillière, qui était venu participer, auprès de son oncle, M. Émile Baillière, et de son cousin, M. Albert Baillière, au maintien et à l'extension du patrimoine de famille.

La citation suivante, que nous empruntons à une haute personnalité médicale, résumera heureusement les qualités de l'éditeur chez Henri Baillière : « C'était un travailleur acharné. Il aimait sa profession. Il mettait un point d'honneur à ce que qu'il ne sortît pas de sa maison un livre qui péchât par une négligence dans les conditions matérielles de sa publication. Il relisait les épreuves, revoyait les dispositions typographiques. Esprit clair et méthodique, il discernait vite les raisons qui devaient assurer la bonne ou la mauvaise fortune du livre. »

Puisse l'hommage que nous rendons ici à sa mémoire adoucir l'affliction de Mme Henri Baillière et celle de ses fils, à qui leur père laisse l'exemple d'une vie laborieuse et d'une carrière bien remplie (1)!

PAUL DELALAIN.

(1) *Bibliographie de la France*, 94ᵉ année, 2ᵉ série, nᵒ 42, 21 octobre 1905.

NOTICE

de M. Charles SEVIN

dans le *Bulletin mensuel de l'Association amicale des commis-libraires français*, octobre 1905.

Une longue collaboration aux travaux de la Maison J.-B. Baillière et fils semble m'autoriser à publier, dans le *Bulletin de l'Association amicale des commis-libraires français*, une notice relative à la perte que notre corporation vient de subir par le décès de l'un de ses doyens et l'un de nos membres honoraires : le regretté M. Henri Baillière.

Nous nous efforcerons de dire quel était l'homme que nous venons de voir prématurément et si brusquement disparaître, et de fixer ici le souvenir de ce que lui doit la librairie scientifique consacrée d'une façon toute spéciale aux études médicales et aux sciences naturelles.

Auparavant, rappelons que M. Henri-Paul-Charles Baillière naquit à Paris le 13 septembre 1840, qu'il fut licencié en droit (août 1860), libraire à Paris (1862), juge au Tribunal de commerce de la Seine (1873-1880), et membre de la Société d'histoire de Paris, de la Société historique du VIe arrondissement et de la Société du Vieux-Papier.

Élevé à l'école de ce modèle des éditeurs que fut M. Jean-Baptiste Baillière, le fils, M. Henri Baillière avait hérité, comme son frère, M. Émile Baillière, de cette ardeur au travail, qui est l'une des caractéristiques de la famille. Caractéristique qui, se perpétuant d'une façon continue, est aussi maintenant celle des petits-fils de l'ancêtre-fondateur de la Maison.

En effet, après une journée bien remplie, M. Henri Baillière s'occupait, chaque soir, de la correction des épreuves, de la mise au point des manuscrits, avant de les confier aux soins des imprimeurs.

Il ne sortait jamais sans emporter, sur lui ou dans sa serviette, des épreuves qu'il corrigeait tout en rendant visite aux auteurs. Sur tout ce qui pouvait l'intéresser, il amoncelait des matériaux et des documents dans l'espérance de les publier un jour. Comme aussi il visitait régulièrement les librairies anciennes, tant il avait l'amour des livres, et il recherchait et découvrait des éditions rares.

Entre temps, il se reposait cependant, mais en classant sa collection d'autographes comprenant des centaines de dossiers; ou bien s'occupait du rangement de photographies rapportées, chaque année, de ses voyages de vacances en Europe, afin d'en faire des albums de souvenirs; mais cela, nous le répétons, n'était qu'une distraction.

M. Henri Baillière a publié : *De l'adoption et de la tutelle officieuse, De la puissance paternelle*, thèse pour la licence. Faculté de Droit de Paris, 1862, in-8, 132 pages. — *En*

Égypte, Alexandrie, Port-Saïd, Suez, Le Caire. Journal d'un touriste. Paris, 1867, 1 vol. in-18, 352 pages, avec une carte (tiré à cent exemplaires numérotés). — *Henri Regnault* (1843-1871). Paris, 1872, 1 vol. in-16, 102 pages, avec un dessin à la plume. — *Autour d'une source, la Fontaine des Vaux d'or, la Sente de Saint-Cloud à Suresnes, la Tourelle de la Porte de Saint-Cloud.* Paris, 1900, 1 vol. in-8, 159 pages, avec similigravures. — *La Rue Hautefeuille : son histoire et ses habitants* (propriétaires et locataires) (1252-1901), contribution à l'histoire des rues de Paris. Paris, 1901, 1 vol. in-8, vi-202 pages avec 14 planches en photogravure. — *La Crise du livre.* Paris, 1904, 1 vol. in-16, 104 pages. (J'ai la satisfaction d'avoir ces ouvrages qui m'ont été donnés gracieusement par leur auteur.) — *Comment on devient collectionneur* (Article paru dans le *Bulletin de la Société du Vieux-Papier*).

Il prit une réelle part à la publication des grands ouvrages édités par la librairie J.-B. Baillière et fils. Il rédigea des Catalogues de Bibliothèques scientifiques dont celle-ci fit les ventes (1).

Dans ses rapports avec les grandes imprimeries, il était admirablement compris des compositeurs. Combien de fois ai-je entendu dire dans l'imprimerie Éd. Crété de Corbeil, par les protes et metteurs en pages, qu'ils aimaient à suivre ses instructions; il faut dire aussi que

---

(1) Catalogues G.-P. Deshayes, professeur au Muséum : Claude Bernard, professeur au Collège de France: Maurice Girard, entomologiste, etc.

les manuscrits étaient revus par lui avec le plus grand soin. Plus d'un auteur s'est d'ailleurs estimé heureux que son éditeur ait mis au point les différentes parties de son œuvre en indiquant exactement les divisions en chapitres, articles, paragraphes pour les volumes, en rédigeant les tables des matières et donnant un soin précis aux tables alphabétiques qui renseignent si bien les travailleurs.

On trouvait en un mot chez M. Henri Baillière l'ordre, la méthode, le savoir réunis au plus haut degré. Au point de vue technique, tous très justement s'accordent à reconnaître qu'il était d'une supériorité évidente. On peut dire que jamais nulle difficulté de fabrication ou autre n'est, devant lui, restée sans solution. D'un esprit éminemment méthodique, soutenu par de fortes études classiques, il était d'un conseil excellent.

Tous se souviennent, dans notre *Association amicale*, de cette conférence qu'il nous fit au Cercle de la librairie, conférence pleine d'intérêt pour nous et dont le sujet, sous le titre : *Crise du livre*, fut à cette occasion habilement étendu à tout ce qui, dans notre profession, pouvait et devait nous instruire. Nous prenons plaisir à rappeler particulièrement les judicieux conseils qu'alors, devant un public nombreux, attentif et charmé, M. Henri Baillière voulut bien nous donner. Ces conseils sont d'une portée trop haute et furent présentés d'une façon trop frappante pour qu'il soit possible de croire qu'ils seront jamais oubliés. Ils resteront, sans nul doute, le précieux guide de tous ceux, anciens ou nouveaux, qui, à l'exemple de M. Henri Baillière, doivent, dans l'intérêt supérieur de notre corporation, ne pas ménager leurs efforts pour en maintenir l'importance et la faire progresser.

Qu'il nous soit permis maintenant de remplir auprès de M. Émile Baillière, son frère aîné, de MM. Albert et Georges Baillière, son neveu et son fils aîné, ses associés, et de toute sa famille, un devoir de gratitude et de profonde reconnaissance en lui faisant part des regrets les plus sincères et unanimes de l'*Association amicale des commis-libraires français*, de ceux qui, guidés par des chefs éminents, n'oublieront jamais l'un de ceux autour de qui nombre d'entre eux se sont trouvés groupés.

Au nom de la corporation tout entière, nous adressons à M. Henri Baillière un cordial et suprême adieu.

CHARLES SEVIN.

(1) *Bulletin mensuel de l'Association amicale des commis-libraires français*, 5ᵉ année, octobre 1905, n° 58.

NOTICE

de M. THRON

dans le Börsenblatt fur den deutschen Buchhandel, Leipzig.

Einer der Seniorchefs der grossen medizinischen Verlagsbuchhandlung J.-B. Baillière et fils in Paris, H. Baillière ist am 6. d. M. nach kurzem Krankenlager im Alter von 65 Jahren gestorben. Sein Name ist nicht nur als der des Mitbesitzers einer Weltfirma geschätz, sondern auch durch die tüchtige Anteilnahme Baillière's an allen das buchhändlerische Wohl seines Landes berührenden Fragen auch im deutschen Buchhandel bestens bekannt und den Lesern des *Boersenblatts* namentlich durch sein am Anfang des vorigen Jahres vom Schreiber dieser Zeilen ansführlich besprochenes Werkchen : *la Crise du livre* (1904, n°ˢ 106 et 107) wohl noch in Erinnerung. Es seien deshalb aus dem warmen Nachruf, den ihm sein ehemaliger Schulfreund und Kollege Paul Delalain in der Chronik der neuesten Nummer der *Bibliographie de la France* widmet, einige, seinen Lebensgang illustrierende Daten hier mitgeteilt.

Henri Baillière war am 13. Septembre 1840 als zweiter Sohn von Jean-Baptiste Baillière geboren und im Jahre 1863

neben seinem älteren Bruder, Emil als Teilhaber in das im
Jahre 1818 gegründete väterliche Geschäft aufgenommen
worden, nachdem er sich vorher durch gründliche juris-
tische und medizinische Studien auf seinen Verlegerberuf
vorbereitet hatte. Sein Anteil an der geschäftlichen Leitung
der grossen Firma erstreckte sich mit Vorliebe auf die
Prüfung der angebotenen Manuskripte, die Durchsicht der
Korrekturbogen, die typographische Ausstattung der Ver-
lagswerke und die Herstellung der gerade für wissenschaf-
tliche Publikationen so ausserordentlich wichtigen
Inhaltsvezeichnisse. Seiner verlegerischen Mitarbeit sind
namentlich folgende grosse Werke zu verdanken, die den
Ruf der Firma immer mehr gefestigt und verbreitet haben :
Die Übersetzung des *Brehm'schen Tierlebens*, den *Traité de
médecine* von Brouardel et Gilbert, die 100 Bände umfas-
sende *Bibliothèque scientifique contemporaine* und die
ebenfalls ausgedehnte *Bibliothèque des connaissances utiles*,
die *Vie des animaux illustrée* von Perrier, die *Annales
d'Hygiène publique et de Médecine légale*, des *Dictionnaire
de médecine* von Littré.

Baillière war von 1873-80 Handelsrichter, in welcher
Eigenschaft ihm seine juristischen Studien neben der
geschäftlichen Erfahrung sehr zu statten kamen ;
1878 wurde er ins Komitee der Pariser Weltausstellung
berufen. Seit 1866 Mitglied des Cercle de la librairie,
verdankt ihm die Chronique de la *Bibliographie de la
France* verschiedene werthvolle Beiträge und Kritiken. Die
bereits erwähnte Arbeit *La Crise du livre et les remèdes
qu'il faut essayer d'y apporter* war die Ausarbeitung

eines im Jahre 1904 vor der « Association amicale des commis-libraires français » gehaltenen Vortrags, durch den er sein grosses Interesse für die lobenswerten Ziele dieser neuen Vereinigung bewies, deren Bestrebungen zu ermutigen er als ein hervorragendes Mittel zur Sanierung des französischen Buchhändlerstands betrachtete. Auch abseits vom buchhändlerischen Beruf betätigte er sich schriftstellerisch. So 1867 durch einen Band Reiseerinnerungen : *En Égypte, Alexandrie, Port-Saïd, Suez, le Caire; journal d'un touriste*; 1872 durch eine Arbeit über den Maler Henri Regnault, den im deutsch-französischen Krieg gefallenen Sohn des bekannten Chemikers *Henri-Victor Regnault*; 1900 durch eine historische Untersuchung über die Gemeinde Suresnes, wo er den Sommer in der schon von seinem Vater bewohnten Besitzung verbrachte : *Autour d'une source*, und schliesslich 1901 durch eine sehr interessante Arbeit : *La Rue Hautefeuille, son histoire et ses habitants*, die einen Beitrag zum alten Paris und eine geschichtliche Beschreibung derjenigen Gasse enthielt, in der das Baillière'sche Geschäft seit über einem halben Jahrhundert seinen Sitz hat.

In neuerer Zeit durch Kränklichkeit heimgesucht, bewies er sein nie erlahmendes Arbeitsbedürfnis dadurch, dass er seinen ältesten Sohn Georg als seinen Nachfolger in die ihm so lieb gewordene geschäftliche Tätigkeit einführte. Dieser, sowie Henri Baillière's Bruder Emil und dessen Sohn Albert sind jetzt die Besitzer des grossen medizinischen und naturwissenschaftlichen Spezialverlages.

P. Delalain beschliesst seinen Nachruf mit dem Aus-
spruch einer hochgestellten medizinischen Persönlichkeit
über den Verstorbenen. Henri Baillière war ein unermüd-
licher Arbeiter. Er liebte seinen Beruf. Es war ihm eine
Ehrensache, dass kein Buch aus dem Hause ging, das in
irgend welcher Weise gegen die althergebrachte Sorgfalt
bei der materiellen Herstellung verstossen hätte. Hellen
Blicks und methodisch in seiner Arbeit, wusste er schnell
diejenigen Umstände zu erkennen, die über den Erfolg
oder Misserfolg eines Verlagswerkes zu entscheiden berufen
waren.

Möge seinen Söhnen das arbeitsreiche Leben und der
mit so vieler Liebe ausgefüllte Beruf des Vaters stets
leuchtende Vorbilder bleiben !

THRON.

Notices Nécrologiques

par MM. HERBET et VIVAREZ.

NOTICE

de M. HERBET

dans le *Bulletin de la Société historique du VIe arrondissement de Paris*.

La mort de **M.** Henri Baillière est pour la Société historique plus qu'une perte cruelle; c'est une diminution; elle laisse un vide qui ne sera pas comblé, et les études à la fois exactes et pleines de vie, que seul il pouvait écrire, en puisant dans ses souvenirs personnels et dans sa riche collection d'autographes, manqueront à notre Bulletin.

Né à Paris le 13 septembre 1840, Henri-Paul-Charles Baillière, après de fortes études qu'il conduisit jusqu'à la licence en droit, trouva chez son père, l'éminent éditeur J.-B. Baillière, l'emploi de ses grandes facultés. Associé à son frère, dès 1862, juge au tribunal de commerce de 1873 à 1880, il sut augmenter encore l'importance de la maison paternelle.

La presse médicale, l'Association amicale des commis-libraires ont rendu hommage à la vigueur de son esprit, à son ardeur au travail, à la supériorité de son jugement, à toutes ses qualités professionnelles. Si cette partie de la vie de notre collègue nous échappe, du moins en avons-nous bénéficié par l'honneur qui rejaillissait sur notre société de sa collaboration et par les souvenirs de ses relations avec les savants qu'il a édités.

Pour nous, M. Henri Baillière a été un président parfait. Toujours prêt à s'effacer devant ses collègues qu'il excitait au travail, toujours prêt aussi à ouvrir ses portefeuilles pleins de notes substantielles sur l'histoire des rues et des maisons de l'arrondissement, il était aussi intéressant à entendre, qu'il se laissât aller à de spirituelles improvisations sur les hommes et sur les choses, ou qu'il lût un travail savamment et laborieusement composé. Rappellerai-je ici la monographie de la *Rue Hautefeuille*, véritable modèle d'érudition, ses conférences sur les *Rues*, sur les *Maisons historiques*, sur les *Enseignes*, sur la *Crise du livre* dont nous avons eu la primeur? Tous, nous sommes encore sous le charme de cette parole aisée, fine, qui savait si bien mettre en valeur les détails, et si je puis ainsi dire, la poussière d'histoire que notre société se fait honneur de recueillir.

Nos réunions du vendredi ont bien vite établi entre ceux qui les fréquentent des liens d'amitié qui en font l'agrément. M. Henri Baillière, plus que personne, a contribué à faire naître et à développer ces sentiments. Il aimait notre société, à laquelle il avait amené ceux qu'il aimait; il le témoignait de toutes les façons, et notre sympathie répondait à la sienne.

Aussi n'essaierai-je pas de dire la douleur que nous cause sa mort imprévue et prématurée : c'est un ami que nous perdons! et notre seule consolation est de penser que son fils, son frère, son neveu qu'il nous a donnés pour collègues perpétueront parmi nous son souvenir qui nous sera toujours cher (1).

Félix Herbet.

(1) *Bulletin de la Société historique du VIe arrondissement de Paris*, 1905, n°s 1-2.

NOTICE

de M. VIVAREZ

dans le *Bulletin de la Société Le Vieux Papier*, novembre 1905.

Nous avons eu le très vif chagrin d'apprendre le décès de notre collègue, M. Henri Baillière, survenu le 6 octobre dernier.

M. Henri Baillière avait à peine soixante-cinq ans. C'était un travailleur acharné, et, jusqu'au dernier jour, sa pensée ne quittait pas cette maison d'édition, presque centenaire, universellement connue du monde savant, et que lui et les siens maintenaient au premier rang.

En outre de sa collaboration aux revues scientifiques, M. Baillière nous laisse quelques ouvrages d'érudition qui font vivement regretter sa perte prématurée.

C'est d'abord, écrite d'une plume alerte, la relation d'un *Voyage en Égypte* qu'il fit en 1867.

Après la guerre, il consacre à la mémoire d'*Henri Regnault*, son camarade d'enfance, une étude abondante en souvenirs sur la vie et les œuvres de ce brillant artiste.

Un procès en revendication de terrains lui suggère l'idée de publier les recherches historiques auxquelles il a dû se livrer pour établir son bon droit, et, sous le titre de *Autour d'une source*, il nous décrit l'histoire d'un petit coin des environs de Paris, entre Saint-Cloud et Suresnes.

Président de section de la Société archéologique du VIe arrondissement, il s'en occupait très activement, et nous lui devons un modèle de monographie archéologique, l'histoire de *La Rue Hautefeuille*, une des plus vieilles de Paris, étudiée maison par maison.

L'an dernier, sa longue expérience des affaires de librairie lui faisait écrire sur *la Crise du livre* des pages pleines de vérité et de sages conseils.

Enfin, comme collectionneur, M. Henri Baillière laisse une intéressante collection d'autographes dont il nous avait spirituellement conté l'histoire (1), et qu'il a enrichie de la façon la plus intelligente. On se rappelle la base originale que Zéphyrin Gerbe, le créateur de la collection, avait adoptée pour classer ces autographes : il ne considérait l'espèce humaine que sous deux aspects : être ou ne pas être... de l'Institut, en sorte que certains dossiers pouvaient avoir la chance de passer du côté gauche au côté droit. Cette collection comprend actuellement 30 000 pièces.

Il avait été l'un des premiers à être attiré par l'intérêt de nos études et nous nous rappelons, non sans émotion, la communication qu'il faisait il y a quelques mois à peine, plein de vie et de santé, à l'une de nos réunions mensuelles.

Le concours de son expérience, sa bienveillance, sa col-

(1) Voir *Bulletin de la Société Le Vieux Papier*, n° 29, 1er mars 1905, p. 66 à 72.

laboration nous étaient également précieux et, au vide que son départ produit parmi nous, nous pouvons mesurer la douleur des siens.

La Société *Le Vieux Papier* s'y associe respectueusement, et présente ses plus sympathiques condoléances à sa famille si éprouvée et en particulier à M. le Dr Georges Baillière, à M. Albert Baillière, à M. le Dr Henri Voisin, à M. André Voisin, nos confrères, qui perpétueront son souvenir parmi nous (1).

H. VIVAREZ.

(1) *Bulletin de la Société Le Vieux Papier*, novembre 1905.

De nombreux articles nécrologiques ont été consacrés à M. Henri Baillière, tant en France qu'à l'étranger.

La famille de M. Henri Baillière remercie très sincèrement tous ceux qui ont bien voulu lui témoigner de la sympathie et de l'estime.

SONNETS [1]

I

On m'a dit que Beauvais, ville que Dieu protège,
A vu deux beaux vieillards, modestes artisans,
Reconduire à l'autel surpris le long cortège
    De leurs cent cinquante printemps (2).

Aujourd'hui, c'est leur fils, un glorieux libraire,
Héros de son travail et de sa volonté,
Qui pour vous, messieurs, et pour nous, a recompté
    La cinquantaine héréditaire.

Heureux qui peut ainsi, par un joyeux retour,
Résumer cinquante ans de sa gloire, en un jour
Qui sert d'exemple à l'un, de souvenir à l'autre !

Heureux qui peut ainsi près de lui réunir
Tous ceux qui l'avaient vu noblement parvenir !
C'est grâce à vous, messieurs, notre fête est donc vôtre.

(1) Henri Baillière a composé ces sonnets à l'occasion du cinquantenaire en librairie de son père Jean-Baptiste Baillière.
Il les a dits lui-même à la fête donnée à cette occasion le 15 juin 1862.
(2) Le 12 juin 1841, le père et la mère de M. J.-B. Baillière célébraient à Beauvais le cinquantième anniversaire de leur mariage.

II

Vous, qui que vous soyez, vous tous ici présents,
Très honorés docteurs, princes de la science,
Et vous aussi, non moins illustres commerçants,
Qui représentez le commerce ou la finance,

Vous savez la vertu des sublimes efforts,
Que seuls peuvent oser les cœurs vaillants et forts,
Puisque c'est avec vous qu'il a vécu sa vie :
Je ne la dirai pas ; je l'admire et l'envie.

Mais hélas ! et pardon de finir tristement,
Une nous manque ici, messieurs ; c'était ma mère,
Une belle âme, un cœur tout plein de dévouement !

Elle avait partagé les travaux de mon père,
Elle devait aussi partager son bonheur....
Elle était à la peine et n'est pas à l'honneur !

Henri BAILLIÈRE.

HENRI BAILLIÈRE

PAR LUI-MÊME

Nous croyons devoir reproduire ici les conclusions de l'ouvrage sur
La Rue Hautefeuille, où Henri Baillière résume lui-même en quelques
lignes les liens qui l'unissent à cette rue « qui lui était chère et qui
était son pays » et fait un court tableau de sa vie.

On raconte que, lors du séjour de Charles-Quint à Paris,
François Ier, énumérant les principales villes de son
royaume, omit de citer sa capitale, et que, sur l'observation de son interlocuteur, il ajouta : « Mais Paris n'est
pas une ville, c'est un monde » (1) ; je serais presque tenté
d'en dire autant de la rue Hautefeuille.

Nous y avons vu défiler toute l'histoire de France : la
conquête romaine, Philippe-Auguste qui y fit passer l'en-
ceinte de Paris, Saint Louis, les jours troublés de l'occu-
pation anglaise, la Renaissance, avec les artistes italiens,
le siècle de Louis XIV, avec le drame des poisons et l'in-
troduction des divisions administratives, le xviiie siècle
avec l'*Encyclopédie*, la Révolution française et l'Empire,
avec les personnages qui y ont joué un rôle, la Révolution
de 1848, le second Empire et la troisième République,

(1) Gabriel Chappuys, *La Civile Conservation*, Paris, 1579, p. 538.

qui contribuèrent également au percement du boulevard Saint-Germain.

Au point de vue architectural, nous avons trouvé :

Le xve siècle, au n° 9, avec les trois tourelles engagées :

Le xvie siècle, au n° 5, avec sa gracieuse tourelle et ses fenêtres, qui, au lieu d'être pointues, comme dans le style ogival, deviennent carrées et sont surmontées de corniches ;

Le xviie siècle, au n° 3, avec sa porte large et haute, et ses fenêtres aussi élevées que l'étage ;

Le xviiie siècle, au n° 14, avec ses fenêtres, moins sévères d'aspect ; elles ne sont plus rectilignes, mais plus ou moins cintrées ;

Quant au xixe siècle, il se révèle à chaque pas, surtout par son manque de style : c'est que l'art monumental caractérisant une époque, dit M. Vitet, est un privilège qui n'appartient qu'aux siècles où tout un peuple est soumis à une même croyance, à une même pensée.

Nous avons vu comme habitants de la rue Hautefeuille des ecclésiastiques, des savants, des membres de l'Académie française et des différentes classes de l'Institut, des artistes, et surtout des hommes de robe et des libraires.

En effet, Watin (1) cite, en 1788, 19 locataires parmi les présidents, conseillers, procureurs, avocats, etc.

De son côté, M. Paul Delalain (2) cite 60 libraires, imprimeurs, marchands d'estampes, marchands de papiers, etc., ayant exercé leur profession, de 1789 à 1813, dans la rue

---

(1) Watin, *État de Paris*, 1788, in-32, *faubourg Saint-Germain*.
(2) P. Delalain, *L'Imprimerie et la librairie de 1789 à 1813*. Paris, 1900, p. 278.

Hautefeuille. « Les livres gouvernent le monde », a dit un publiciste du XVIIIe siècle, Jean Barbeyrac ; c'est assez montrer quelle est l'importance des libraires, ces modestes collaborateurs des grands semeurs d'idées.

Et maintenant si on me demande pourquoi j'aime tant la rue Hautefeuille, pourquoi j'y ai trouvé un attrait mystérieux, qui, comme une chaîne invincible, m'a attaché à son histoire, je dirai :

Que, né rue de l'École-de-Médecine, n° 17, le 13 septembre 1840, j'ai été transplanté rue Hautefeuille, n° 19, le 1er janvier 1850 ; que j'ai habité cette maison de 1850 à 1881 ; que depuis 1859 jusqu'à 1901, c'est-à-dire pendant quarante-deux ans, j'y ai été mêlé aux affaires d'une maison de librairie, qui est en relations avec les savants les plus éminents de la France et de l'Étranger, et où j'ai trouvé quelque honneur et quelque profit ;

Que j'y ai vu mourir ma mère en 1859 et mon père en 1885 ;

Que j'y ai vu naître deux de mes fils : MM. Georges et Marcel Baillière.

On comprendra alors que chaque recoin de la rue, chaque maison, chaque pavé, chaque pierre, ont pour moi un langage muet et charmant et que je retrouve en eux

> Les fils mystérieux où nos cœurs sont liés.

Nous autres, Parisiens de Paris, qui n'avons pas un village, un clocher, dont la vue seule fait battre le cœur plus vite, nous sommes bien obligés de nous prendre à quelque chose ! Il faut toujours aimer son berceau et son nid.

Henri BAILLIÈRE.

CORBEIL. — IMPRIMERIE ÉD. CRÉTÉ.

9 782019 925222